海と人形

★ 海と人形・目次

第1章 序章

第2章 イメージ

第3章 雑詩編

第4章 エピローグ

第5章 エッセー風の断章

★海と人形・序文

私が文学を始めて30年。ほとんど何も書かなかった。文学は、読むもので、わざわざ自分で書く気はしなかったからだ。何かの雑誌が創刊されて、小説を募集していた。それでたまたま書いてみたら、小説とはとても思えないようなものができた。

そのころ、田中康夫氏が雑誌の賞を受賞され、ベストセラーになった。それで、わけもわからず世界文学全集を読みあさって、250枚の小説を書いた。雑誌の新人賞に応募したら、一次審査で落ちて、その時に山田詠美氏が受賞された。

私は、自分が、会社員や役人には向いていないことがわかっていた。学者か教員をめざしていたが、どうも自信がなかった。雑誌の審査で落ちて以来、私はほとんど何も書かなかったが、メモ程度の簡単な詩が3つ残った。失敗した小説は捨ててしまった。30分でできる短い詩なら簡単だ。思いついたら、忘れないように書きとめるだけだ。長い本は、読むのも書くのも苦痛だ。200ページでも、私にとっては相当長い。

その後、私は教員にもなれず、目を悪くして、盲目になった。今は、文字は全然見えない。詩集の原稿は、半分以上できあがっていた。それを読んでもらって、録音してもらった。それをもとに、削ったり加えたりして、原稿をこしらえた。その際に、音声の出る携帯電話のメールや、音声パソコンを利用した。

第1章
序章

01 夜の木（歌詞）

月の無い夜に、
夜の木が、歩き始めた。
顔も無い、手足も無い、
それでも歩く。
真っ黒けの木だ、真っ黒けの木だ。
ネコが見てあわてて逃げた。
顔も無い、手足も無い、
それでも歩く。

02 白鳥

空を飛んでいた白鳥が、
雷に撃たれた。
石ころだらけの地面に落ちて、
犬に食われた。
その白鳥は、山中湖で、
遊覧船白鳥号として甦った。
ボートに乗っていたアベックに、
白鳥号は襲いかかった。
カッコ、パオ。ピーピーピー。

03 せんぷうきとスイカ

せんぷうきが、静かに回っていた。
少年は汗をかいていた。
窓の外でセミが鳴いていた。
皿の上に、赤いところを全部食われた、
スイカの皮が置いてあった。

04 金魚のふうせん

子供が、金魚の形の、
赤いふうせんを持っていた。
子供が、石につまずいて転ぶと、
ふうせんは、手から離れて、
空に向かって飛んで行った。
金魚は、雲の間を、
どんどん登って行き、
それから、西風に煽《あお》られて、
東の方へ向かって、
すごい勢いで飛んで行った。

05 子猫と金魚

子猫が金魚を見ていた。
おねえさん、ひらひらの、
赤い服がとても似合うよ。
僕が大きくなったら、
くわえて、
どこか遠くへ、連れて行ってあげるね。
ワハハ。
どら猫の父さんが言った。
おめえ、ビスケットを、
5分でも、くわえていられめえ。
よだれが出てきて、
歯型がついちまうわい。
その時は、おねえさんは、
赤い服も内臓も、
ボロボロってわけよ。

06 ネコの着地

ネコの主人が言った。
お前をビルの3階から、
落とす実験をする。
友人が協力して、
落下するところ、着地するところの、
写真を撮った。
こんどは、ビルの5階だ、
とネコの主人が言い出した。
ネコは、家出して、
行方不明になった。
ビルの5階から落とされるくらいなら、
野良猫になったほうがましだ。

第2章
イメージ

07 ヘラクレスと虎

晩年のヘラクレスは、
爪と歯を抜いた虎を飼っていた。
その虎は、狂暴に、
吠えたり噛みついたりすると、
餌を与えられていた。
ヘラクレスはその虎を、
何度も押さえ込んだり、
死なない程度に首を絞めていた。
その虎が死ぬと、
皮を剝いで、ぬいぐるみを作った。
昼は、子供たちに、
ぬいぐるみを使って、
どんなふうに虎と戦ったか見せていた。
ヘラクレスも死んで、
虎のぬいぐるみは、
博物館に保存されることになった。
ずっとしてから、高名な精神医学者が、
博物館を訪れた。
学芸員から、
虎を押さえる、

12のポーズというものを習ってから、
痩せて背の高いその学者は、
実際にぬいぐるみを使って、
12のポーズをやってみた。
それから、帰って後に、
論文を発表したが、
それによると、
大人が、そんな大きなぬいぐるみで、
遊んでいたというのは、
精神異常だということだった。

08 見せ物

五人分の体重の大男。
お互いに戦わせて、
みんなで見ようということになる。
大きな動物も。
剣で突いて血だらけにして、
本気で怒ったところを、
見ようということになる。
自分は力があるなどと、
うぬぼれていると、
とんでもない敵を連れてきて、
戦わされて、
見せ物にされてしまうのだ。
カバがサイと戦わされるのは、
大迷惑だ。
角も牙もないが、
体が大きいから、
なんとかするだろう。
サイは角で突いて、
カバを血だらけにした。
そこへ、どっと水が流れ込む。

溺れかかったサイに、
カバが馬乗りになって、
沈めにかかる。
負けかかった方を、
助けたように見えるが、
ますます激しく戦うように、
工夫しているだけなのだ。
動物園で昼寝したあと、
バナナを食べているゴリラを、
半狂乱にする方法を考えたって。
高度三千メートルから、
パラシュートをつけて、
飛び降りてもらうのだ。
もう、いい加減にしてほしい。
変わった人間や、動物たちを、いじめるのは。

09 ネコと鉄棒

少年は、鉄棒がうまかった。
飼っている、ネコのオクラホマは、
すぐに肩の上に登ろうとする。
そこで、またたびをやって、
辛抱強く肩の上に、
乗っていることを教えた。
百メートルを全力疾走しても、
ネコは、肩の上に乗っていた。
そして、とうとう、
ネコの大車輪という技が完成した。
肩にネコを乗せたまま、
大車輪で一回転する。
ネコのオクラホマが死んで、
次のネコ、ガルカスは、
肩の上には登ろうとしないネコだった。
少年も太ってしまって、
大車輪は、できなくなった。

⑩ 妻と料理

料理の修業をしている男があった。
最初の妻は、文句も言わず、
出されるものを何でも食べた。
男の作った下手な料理を、
一人できれいに片づけてくれた。
怠《なま》け者だがよく笑う、
親切な女だった。
女は、とうとう、
ぶくぶくに太って、
糖尿病で死んでしまった。
二人目の妻は、分別のある女で、
まずい料理は食べようとしなかった。
失敗作を犬に食べさせて、
おなかのふくらんだ犬を、
散歩に連れ出して、
運動させていた。
犬は、長生きしたが、
寿命が尽きて死んでしまった。
そのころ男は、
料理人として成功して、

犬にやるような、
下手な料理は作らなくなった。
男は、妻と健康に暮らして、
お金も稼いで、長生きをした。

11 梅干しの種

運動会をお母さんが見に来てくれた。
五人で駆けっこをしたら、
僕は、ビリから二番目だった。
お昼は、お母さんの持ってきてくれた、
おにぎりを食べた。
前に、梅干しの種を、
思い切り嚙んで、
歯が折れそうになった。
おにぎりに種を入れないでよ。
午後には、玉転がしがあった。
僕たちは赤組だった。
赤い玉は、若干大きくて、
歪んでいるように見えた。
案の定、僕たちは白組に負けた。
その晩、夢を見た。
僕は、アリんこになって、
梅干しの種を転がしていた。
梅干しの種が、
うまく転がるわけがない。
対戦相手は、テニスボールを、

転がしているネズミだった。
ネズミは、テニスボールを転がしながら、
どんどんどんどん進んで行く。
そこへ、カラスが飛んできて、
梅干しの種をとりあげる。
カラスが羽ばたいて、
飛び立つと、
僕たちアリんこは、
羽から来る風によって、
ばらばらに吹っ飛んだ。

12 南の島

南の島で、黒ん坊のおじさんが、
篭に果物をいっぱい入れて、
頭に載せて運んでいる。
そこへ子供が駆けてきて、
勢いよくおじさんの膝に抱きつく。
おじさんは、転びそうになって、
頭の上から、篭が落ちる。
あたりに、果物が散らばる。
隠れていた子供たちは、
喚声をあげ、
銘々《めいめい》果物を盗んで、
逃げて行く。
座り込んだおじさんは、
溜め息をつき、
残りの果物を拾い集めて、
また、頭の上に篭を載せて、
立ち去って行く。
道端に一つ、
砕けた果物が転がっていて、
黒い大きな蟻たちが、

集まってくる。

13 クラゲ

クラゲが陸に上がった。
コンビニで麦茶を買って、
飲みながら歩いた。
公園の噴水で、
パンツ一枚の子供が遊んでいた。
噴水の水を浴びてから、
バスに乗って、温泉に行った。
おじさんが、頭に、
手ぬぐいを載せていたので、
クラゲも並んで、頭に、
手ぬぐいを載せた。
それから、富士山に登って、
山頂に着いた。
そうしたら、たまたま、
コンドルが飛んできたので、
コンドルに海まで、
連れて行ってもらった。
海に帰ったクラゲは、
胸に、みやげもの屋で買った、
富士山のピンバッジをつけていた。

⑭ 人形の先生

人形の先生が、背広を脱いだ。
シャツは着ていない。
人形の先生が、ズボンを脱いだ。
パンツは、はいていない。
子供たち、
ワー。
みんな静かに。
きょうは、人間の内臓について、
勉強します。
それから先生は、
胸から腹にかけての、
前面の被いを蓋のように外した。
先生は自分の、胃と腸、
肺と心臓、肝臓と腎臓を見せながら、
それぞれが、どんな働きをするのか、
説明した。
授業がすむと、体に蓋をはめ、
服を着て、
教科書とノートを持って、
出て行った。

僕が職員室に行くと、
この先生は、缶ジュースを飲んでいた。
ベルが鳴ったので、教室に戻ろうとすると、
算数の先生が、
チョークのついた、
巨大なコンパスを持って、
出発するところだった。

15 きこり

求婚者と称して、
きこりだか、
炭焼きだかという男が現れる。
ヒゲぼうぼうで、
貧しそうである。
手には、プレゼントらしい、
松ぼっくりを持っている。
これでは無理だなと思って、
見ていると、
最後に、黒光りする、
一本の角を取り出した。
熊の角だと言う。
ガーン。
目玉が、転げ落ちそうになる。
目が覚めた。
ナンセンスな夢だった。

⑯ 詩人と息子とネコ

詩人には息子がいて、
ネコも飼っているが、
私はそれを知らなかった。
ところが、息子には、
ネコとしか思えない、
名前をつけていて、
ネコのほうには、
息子としか思えない、
立派な名前をつけていた。
そして、詩人は、
その妻と私のいる前で、
その時には、家にいなかった、
息子とネコについて、
話をしていた。
息子のほうは、塀から落ちたり、もらしたり、
人間とは思えないほど、
馬鹿だった。
逆に、ネコのほうは、
時間を守ったり、
無くした物をみつけてくれたり、

ネコとは思えないほど、
賢かった。
私は、みかんを食べて、
おみやげに、おまんじゅうを、
もらって帰ったが、
帰るころには、
頭が完全に混乱していた。
息子は、おまんじゅうが、
好きだから、
帰りにあなたを、
襲うかもしれません。
塀の上にいるネコが、
じっと、私を、
狙っているようだった。
それからしばらくして、
ネコに対して、
疑り深くなっていた私は、
近所のネコに、
傷害事件をおこした。
いろいろ取り調べをうけて、

責任は問われなかったが、
精神病院に入ったほうが、
よいということになった。

17 キツネの見たもの

大男が、裸の女の子の髪をつかんで、
グルグル振り回していた。
ハンマー投げのように、
一番良いタイミングで、
手を離した。
女の子は、飛んで行って、
そばにあった池に落ちた。
すぐに、顔が出てきた。
女の子は泳ぎがうまかったのだ。
それから、大きな声で、
お前は、力は強いが、
頭は、犬より馬鹿だと、
罵《ののし》った。
男は怒って、
池のほうに、駆けて行ったが、
どうすることもできなかった。
男は、泳げなかったのだ。
しばらくすると、どうやったのか、
女の子は、魚をどっさり捕って来て、
いつの間にか、服を着ていた。

二人は、仲直りしたらしく、
魚を食べるために、
焼き始めた。
茂みの陰で、
一匹のキツネが、
一部始終を見ていた。
最初は、焼いた魚を分けてくださいと、
頼むつもりでいた。
ところが、
二人が喋っているのを、
聞いていて、
二人が親子だとわかると、
魚を食べる気もなくなって、
しょんぼりしながら、
気づかれないように、
森のほうに帰って行った。

18 アヒルとウサギ

アヒルとウサギを、
飼っている詩人がいた。
子供が来ると、
かわいいだろう、と言いながら、
嬉しそうに、自分の動物たちを、
見せたりしていた。
子供たちは、
なんて優しいおじさんなのだろう、
と思って帰って行った。
ところが、詩人は、
鬼のような人物だった。
裏庭で、アヒルやウサギを、
絞め殺して、
妻と二人で、こっそり、
食べているのだった。
抱き上げて、頬擦りしながら、
次に殺す犠牲者を、
選んでいるのだった。
機械的に育てて、
売り払っているわけではなく、

一緒に暮らしている動物たちを、
自分で殺して、
食べているのだった。
そのうちに、詩人が死んで、
妻はどこかへ行ってしまった。
ボロボロだった家は、
取り壊された。
庭にあった、ちっぽけな池を埋めようと、
あたりを掘り返した時に、
アヒルとウサギの、
墓が見つかった。
何十年かの間に、夫婦に食われた、
アヒルとウサギの、
体の骨と、頭の骨が、
深くて大きな穴に、
ぎっしりと詰まっていた。
近所の人は、薄気味悪く思って、
最近になって、そばの木の根本に、
祠《ほこら》のようなものが作られた。

⑲ ガンと禁煙

人生の終着駅は、死である。
SLが、煙を吐きながら、
客車に乗って、
タバコを吹かしている人たちを、
運んでいる。
終着駅に着くころには、
客車に置かれた、バケツ一杯に、
吸い殻が溜まっている。
駅前には、病院があって、
乗客は、ここへ来るために、
旅をしてきたのであった。
タバコをやめて、
途中下車した人たちは、
ガンにならずに済んだ。
最後まで、座席に座って、
タバコを吸っていた人たちは、
やっぱりガンになっていた。
病院で、手術をしたが、
どうにもならず、
とうとう、死んでしまった。

病院の裏には、
墓地も用意されている。
病院には、文集が回覧されていて、
どうせ、いつかは死ぬんだから、
うまいタバコが吸いたいよな、
などという、負け惜しみが、
書かれてあった。

20 腐ったギョウザ

中学生の息子が、
めちゃくちゃに太ってしまって、
思い悩んだ家族。
学校と相談して、
半年間の休学を決定。
毎日、思い切りまずい料理を作って、
残さずに全部食べなさい、
と言い続けた。
そのうち、息子は、
食事の時間に、
出て来なくなった。
それでも、時には出て来て、
まずそうに食べている。
父親は、ビールを飲みながら、
機嫌がよい。
おい、ヒロシ、顔色が悪いぞ。
どっか、悪いんじゃないか。
食欲も、ないみたいだし。
ねえヒロシ、いまいちばん、
食べたいものって何。

えーっと、ギョウザ。
全部食べたら、
部屋に持って行ってあげるから、
待ってなさいよ。
しばらくして、届いたのは、
ぷーんと、嫌な臭いのするほど、
腐ったギョウザ。
これね、腐ってて食べられないけど、
食べ物を粗末にするのは、
いけないことよ。
いやーな臭いが、部屋にたちこめ、
息子は、ぐったりしたまま、
窓を開ける気にもならなかった。
腐ったギョウザたちは言った。
これで、俺たちに対する、
未練も、なくなったのじゃないか。

21 白熊

白熊が、酒を飲んでいるのを写して、
コマーシャルにしよう、
ということになった。
大ジョッキに、
ウイスキーの水割りを入れて、
ガブガブ飲みながら、
凍った生肉を、ガツガツ食べている。
それから、酔った挙げ句に、
みっともない声で、吠え始めた。
映像を見た人は、白熊のことを、
不健康な大酒飲みだと思った。
そのせいで、その映像は、
採用されなかった。
代わりに採用された映像は、
次のようなものだった。
男性が水割りを、
ちびちび飲んでいる後ろで、
雪の上を、白熊が、
元気よく走っている。
白熊は、酒さえ飲まなければ、

逞しくて元気なイメージのする、
動物なのだ。

22 果物食べ放題

南の島へ行った旅行者が、
園内の果物食べ放題という公園に、
お金を払って入場した。
その人のつもりでは、
イチゴ狩りとか、ブドウ狩りとか、
そんなものを、
考えていたらしかった。
中に入って、うまそうな果物が、
たくさん生《な》っているので、
喜んだが、
果物を取ろうとすると、
たちまち、大きな猿たちに、
取り囲まれた。
大声の猿たちに、
引っかかれたり、
毛を引っ張られたり、
挙げ句の果ては、抱きつかれて、
羽交い締めにされた。
結局、バナナを半分食べただけで、
服は破け、

大小便まで漏れていた。
ゲートに戻って、文句を言うと、
猿に果物を、
プレゼントされる人もある、
ということだった。

23 雷神

パンツ一枚の子供が、
昼寝する夕暮れ。
ジリジリと照りつける太陽は傾き、
公園の噴水は、澄んだ水を、
とめどもなく流す。
雲の上で、雷神が、
子供のヘソを狙っている。
稲妻に乗って、
ジグザグに落下する雷神。
子供の母親が、縁側で、
異様な風体の雷神を見咎《みとが》める。
子供は服を着て、
塾に出掛けた。
木立を揺らす風が、
庭に咲いた花を翻《ひるがえ》す。
帰宅した父親は、
テレビを見ながらビールを飲んでいる。
雷神は、団扇《うちわ》で顔を隠し、
なかなか取れない、
ヘソを悔しがる。

㉔ 洞窟の夢

洞窟が、左右に二つある。
左のは、奥が行き詰まりで、
仏像が、置いてあり、
蠟燭の明かりがついている。
右のは、通り抜けできるらしく、
向こう側の明かりが見える。
気がつくと、小学生の女の子と、
手をつないでいる。
洞窟をくぐって、
向こう側に行きたくなった。
中へ入って行くと、
石の階段が、下へ降りて行く。
女の子が、
ぴょんぴょん跳ねたり、
二段抜かしをする。
転びそうなのだから、
いい加減にしてくれ、
と怒って、目が覚める。

25 石ころ

何年も握りしめていた石ころ。
何十年も握りしめていた石ころ。
ある日掌《てのひら》を、パッと広げる。
石ころは、ポトリと落ちる。
風呂場の湯気。
マッチの炎。
しぼんでゆく風船。
玉手箱の煙。
老人の杖。
戻らない歳月。

26 落ち葉の旅

空き缶が、風に煽られて、
音をたてて転がっていた。
丸めた新聞紙が、
ボールのように弾んでいた。
落ち葉が、北風に乗って、
旅をした。
クルクル回りながら、
野原を飛ばされて行き、
最後に、池の水面に落ちた。
侘《わ》びしい、冬の光景だった。
自転車に乗った人が、
ブレーキを、きしらせながら、
止まった。
その人は、帽子を深く被り直した。

27 コッペリウス博士と人形

コッペリウス博士が、
クロール人形を作った。
人形は、立っていることも、
座っていることもできない。
だが、泳ぐ速さは抜群だ。
プールで、選手と競争させた。
合図と同時に、補助員が、
プールに人形を投げ込んだ。
人形は、どんどん、
他の選手を、引き離して行く。
速い、速い。
ところが、ターンできない。
プールの端で、いつまでも、
バシャバシャやっている。
こりゃ、駄目だ。
よし、今度は海だ。
岸から、15メートルのところを、
岸と平行に泳がせた。
速い、速い。
子供たちが、口をあんぐり開けて、

人形を見ている。
それから、人形は、
浅瀬に乗り上げた。
子供たちが言った。
あの人、溺れてるのかなあ。
こんな、浅いところで、
溺れるわけないよ。
あっ、動かなくなった。
電池が切れたのだった。
そこへ、コッペリウス博士が、
ボートで到着した。
いやいや、大成功だ。
今度は、もっとすごい人形を作って、
みんなを驚かせるぞ。

第3章
雑詩編

28 小さいことと大きいこと

百点を取る子供は、
部分的な知識を、
正確に押さえている。
一生涯、何についても、
百点を取り続ければ、
その人は、誰より偉くなる。
小さいことが、完全にできない人は、
大きなこともできない。
しかし、小さいことに完全な人は、
すぐに力尽きて、
大きなことは、しようともしない。
大きなことを、本当にする人は、
子供のころに、
不当に、馬鹿扱いされたことがある。
その人は、小さくまとまって、
ほめられることには、
向いていないのだ。
というより、実際は、子供のころに、
大人たちから、
思い切り痛めつけられていたので、

身を守っているうちに、
自然と逞しくなったのだ。

29 夏の終わり

ある日、木陰で、
ぐったりしていた動物たちは、
秋の訪れを感じる。
時の流れを乗り越えて、
ほっとしている。
どこかの老人が、力尽きて、
がっくりと気力をなくす。
死は、生からの脱落である。
生きているものの世界は続き、
死者は、世界から閉め出される。

30 小さい犬

小さい犬は、気が強い。
大きい犬に出合っても、
吠えかかったりする。
自分は、小さくて弱いから、
駄目なんだ、
戦っても、負けるに決まっているんだ、
とは、考えていないようである。
大きい犬は、厳しく躾《しつ》けられ、
小さい犬は、甘やかされる。
その結果、大きい犬の性格は、
控えめになり、
小さい犬は、傲慢になる。

31 凍ったみかん

雪山を歩いている登山者の足元に、
みかんが、ころころ転がって来た。
登山者は、みかんを拾って、
皮をむいて食べた。
昔、よく食べたっけ。
冷凍みかんを、
駅の売店で売っていた。
それから、遠くで、地響きがして、
雪崩《なだれ》がおこった。
崩れた雪は、遠くのほうを、
流れて行ったが、
登山者もびっくりして、
足を滑らせて、
雪の斜面をずり落ちて行った。
そのあとに、別のみかんがもう一つ、
ころころと転がって来た。
平らなところで、転がるのをやめ、
雪の上にただ転がっていた。
そのそばを、鳥の黒い影が、
通り過ぎて行った。

鳥はみかんに気づかなかったか、
あるいは、
どこか遠くへ、
行こうとしていたのであろう。

㉜ 足の裏

男が、尻をついて座りこんでおり、
屈むようにして、
自分の足を持って、
何かやっている。
よく見ると、大きな針と糸で、
自分の体を縫っているようである。
どうやら、足の裏が裂けたので、
傷口を縫い合わせているらしい。
確か、野球のグローブにも、
縫い目があったような気がする。
足が肥大して、
ランドセルの皮のように、
硬くなっている。
その足が裂けるほど、
酷使したらしい。
東海道の飛脚かなにかで、
急ぎの用のために、
草履《ぞうり》がとれたのも構わずに、
走り続けたのか。
足の裏も、酷使すれば、

厚くなるだろう。
鞄《かばん》や財布のなめされた動物の皮は、
とても、体の一部だった、
とは思えない。

第4章
エピローグ

33 梯子を登る人

天国に通じている梯子《はしご》があった。
これを登れば、
必ず天国に行けるらしかった。
梯子は、地上から垂直に伸びていて、
空の彼方に消えていた。
途中で、嫌になっても、
下りるのは、
下りるので、大変そうだ。
登り始めたら、
しまいまで行ってみる、
覚悟が必要だ。
元消防士という初老の男が、
この梯子を登る決心をした。
昔、出初め式で活躍していて、
梯子を登るために、
生きているような男だった。
男は、登って行って見えなくなったが、
一週間たっても戻って来ず、
地上に落ちた形跡もなかった。
半年くらいして、

梯子の立っている土地が、
他の用に使われる事情ができたので、
梯子の地上に近い部分は、
撤去されることになった。
天国につながる梯子を、
撤去するのは、忍びなかったが、
もはや地上に、
その梯子を、
登ってみようという人はおらず、
梯子を登った男は、
下の部分は通過しているから、
不必要だった。
男がいるのは、梯子地獄だった。
男は、今でも登り続けており、
行く先に、
延長部分が建設されていた。
地上の人は、
男のことをすっかり忘れた。
男は、空の彼方に消えてしまったが、
死んだわけではなく、

今日も元気に梯子を登っている。
雨の日の庭で、
紫陽花《あじさい》の枝を、
尺取り虫が歩いていた。
直線は、遠く隔てられた二点を、
最短距離でつなぐ、
ただ一つの道なのだ。
男は、無限に延びた直線に沿って、
今も移動している。
不老不死で、
休む間もなく、
手と足を動かしながら。

34 下に向かって降りる夢

空に向かって登る夢を見たことがある。
このあいだ見たのは、下る夢。
ちょうどよい、下り坂の、
ハイキングコースがあって、
全く苦労せずに、
どんどん歩ける。
地面には、草が生えていて、
高山の花が咲き乱れている。
この近くに住んでいるらしい少女が、
私よりも、もっと身軽そうに、
道を降りて行く。
それから、橇《そり》のようなものに乗って、
鉄道沿線の、
ミニチュアのような、
コースに入る。
このコースには、支線があって、
ところどころに分かれ道がある。
私は、どんどん、
辺鄙《へんぴ》そうな支線に入って行く。
ある分かれ道で私は止まる。

私が迷って止まっていると、
後から来た人が、
そちらへ行くと、おもしろいが、
行き止まりだから、
やめたほうがよい、と言う。
それから、私が、周囲の人に、
追われるような状況になって、
下のほうに逃げる。
私は、ほとんど垂直な、
曲がりくねった階段に、
入って行く。
遥か下のほうに、
野球をしている人たちが見える。
すると、
ピッチャーが私に気づいて、
下から、ものすごいボールを、
私に向かって投げつけてくる。
そのボールが、私のそばで、
急に、焼き海苔のかけらになって、
ひらひら舞っている。

それを、私が指先でとらえると、
親切そうな人が、私をほめながら、
近づいて来て、
公園の清掃だかの仕事があるから、
やってみないか、と言う。

35 長い本

長い本は、
ダイジェストで勘弁してほしい。
本を読み終えると、
人生が終わったように思えて、
狂気に陥る人があるのだろうか。
一冊の本を、狂ったように、
読み続ける人というのは、
想像するだけで恐い。
狂った人が、マルクスを、ギボンを、
西遊記を、アラビアンナイトを、
お饅頭をパクパク食べながら、
お茶を飲んで、
どんどん読んでいる。
全部わかって読んでいるのか。
頭の中が真っ白なのに、
意地になって読んでいる。
目が血走って、
作者を批判する能力は、
かけらも残っていない。
精も根も尽き果てた時、

最後の一ページを読み終わった。
得意そうにニターッと笑って、
寝床に倒れた。
興奮していて眠れるわけがない。
CDをつけた。
ブルックナーだ。
0から9まで全部聴いた。
まだ起きている。
散歩に出掛けた。
三時間すると、
手提げ袋に、
本をいっぱい買って、
戻って来た。
インスタントラーメンを、
作って食べた。
買ってきた本をペラペラ見ながら、
何かノートに書いている。
全く、狂ったようなたわごとだ。
今度は、語学の勉強を始めた。
プラトンの英訳を読んでいる。

プラトンのつまらなさには、
偉大な小説家も、思想家も、
打ち負かされて、
そのうちに、
鼾《いびき》をかいて眠り始めた。

第5章
エッセー風の断章

36 子供とデフォルメ

子供向けの、
デフォルメされた現実というのが、
あるだろうか。
子供は子供で、
自分のわかる範囲で、
大人と同じ現実を見ている。
万引きすれば、処罰されるし、
自転車に乗って道に飛び出せば、
トラックに轢《ひ》き殺される。
動物が話しかけてきて、
子供と握手するだろうか。
子供の正義が、
悪い大人を、
ギャフンと言わせるだろうか。
ぬいぐるみに入っているのは、
時給千円で雇われた、
汗だくの青年で、
能力のない大人でも、
経験と、社会的地位を利用して、
子供をひどい目にあわせる。

確かに、子供だけの、
世界というのはある。
小学校にいるのは、
ほとんど子供たちで、
あとは先生だ。
そういう世界で起こった出来事や、
考えられた事が、
一つの物語になるかもしれない。
しかし、子供のころに、
うまくいったやり方が、
大人になった時に、
通用するかどうかわからない。
私は、子供だけの世界というのは、
あまり信用していない。

37 本と顔写真

時々、学術書に、
著者の顔写真が載っていて、
大笑いすることがある。
作家と較べて、
人間的偉大さが全然ないのと、
全く役に立たない学問を、
何十年もやっている、
変人ぶりが笑えるのだろう。
いちおう、本を出すくらいだから、
学者としては、成功していて、
顔を見れば、
それなりに立派な人物である。
学問の立派さを全然認めず、
ただ、顔がおもしろいとか、
歪んだ考えを頑固に主張するから、
おもしろいとか、
失礼この上ないが、
本が売られて、
顔写真がついている以上、
それをどう楽しもうが、

本を買った人の勝手である。

㊳ 酒とタバコと薬物

ホフマンは、酒を飲んで、
天才的な言動をする、
人物の話を書いた。
私は、酒の効果で、
精神が高揚するとは思わない。
眠くなって、頭が悪くなり、
すこし陽気になるくらいである。
タバコは、精神の集中力を高める。
実際は、頭がぼけてくるが、
それよりも、肉体の動きを、
抑制するので、
人間を内面的にするのだ。
いわゆる刺激物は、
生活の中で、肉体と精神を、
コントロールするために、
重要である。
しかし、薬物が人間を変えるなどと、
思わないほうがよい。
一時的に興奮しても、
何の意味もない。

駄目な人間が、興奮したあと、
気がつくと、
もとの駄目な人間に戻っている。
人間は、着実な努力で、
少しずつ自分を向上させるしかない。
その過程で、自分が、
興奮したり、だらけたりするのを、
刺激物を使って、
コントロールしているのだ。
興奮させるものの中には、
何か重要な要素が隠されている。
しかし、その人が興奮する理由は、
たいていは、
その人が未熟であるからだ。

39 長寿村

長寿村というのがある。
人間は、長生きすればよい、
というものでもない。
若いうちに、きれいに死ぬのがよい、
という考え方もできる。
しかし、生きるのが楽しい、
と思っている人は、
そうすぐに死にたくないだろう。
気候がよい、食べ物がうまい、
というのは、確かに、
健康のためにはよいが、
それよりも、いつまでも、
生きていたくなるような環境である。
長寿村では、環境のせいで、
すぐに死ぬのは、勿体《もったい》ない、
と人々が、思うようになる。
劣悪な環境で長生きするのは、
生理的にも無理があるし、
そもそも、長生きしたいとも、
思わなくなる。

40 旅行の限界

バスと通勤電車には、
基本的には、便所がない。
旅行用の列車には、
便所がついている。
途中で、水を飲んだり、
便所に行ったりするかしないかが、
人間にとっての、一つの限界、
あるいは、壁になっている。
地方へ行くと、電車でも、
ワンマンカーがある。
そんなことなら、
バスにすればよいのに。
地図の上に鉄道の印がないと、
それだけで、
行くのを、
諦めてしまう人がいるのだ。

★著者略歴
生源寺宏行（しょうげんじ・ひろゆき）
1960年生まれ。
1991年、京都大学文学部卒業。
1998年、学習院大学大学院修士課程修了。（人文科学研究科、フランス文学）
2002年、同大学院博士後期課程満期退学。
2004年、脳腫瘍を手術し、視覚障害者となる。
2009年、あんまマッサージ指圧師免許取得。
2010年、脳腫瘍が再発し、手術する。

海と人形

2013年4月25日　初版第1刷印刷
2013年4月30日　初版第1刷発行

著　者　生源寺宏行

発行者　高木 有
発行所　株式会社作品社
〒102-0072 東京都千代田区飯田橋2-7-4
TEL.03-3262-9753　FAX.03-3262-9757
http://www.sakuhinsha.com
振替口座00160-3-27183

編集担当　青木誠也
装　幀　水崎真奈美（BOTANICA）
本文組版　前田奈々
印刷・製本　シナノ印刷株式会社

ISBN978-4-86182-440-1 C0092